LA FOLLE ENCHÉRE,

COMEDIE.

A PARIS,

Chez la Veuve de LOUIS GONTOI-
sur le Quay des Augustins, à l'I
saint Loüis.

M. DC. XCI.

AVEC PRIVILEGE D

PREFACE.

Cette petite Comedie a extrémement diverty tous ceux qui en ont veu les representations, & je me suis étonnée moy-même que sans aucune connoissance des regles du Theatre, j'aye pû faire quelque chose qui ait merité du Public une attention favorable: Mais l'esprit & le bon sens sont les meilleures regles que l'on puisse suivre; choisir un bon sujet, donner des interests pressans à ses

Perſonnages, faire naiſtre des obſtacles à leurs deſſeins, & ſurmonter ces difficultez. Voilà tout ce que je ſçay, & je ne crois pas qu'il ſoit abſolument beſoin d'en ſçavoir davantage, puis qu'avec cela j'ay trouvé le ſecret de réüſſir, peut-eſtre ſuis-je un peu redevable de cet heureux ſuccés à la maniere dont ma Comedie a eſté repreſentée ; je ſouhaite qu'elle plaiſe autant ſur le papier, que ſur le Theatre, pour me pouvoir flater de n'avoir obligation qu'à moy-même des applaudiſſemens qu'on lui aura donnés.

PRIVILEGE DU ROY.

PAR Grace & Privilege du Roy, donné à Versailles le 18. Janvier 1691. Signé par le Roy en son Conseil, DU GONO: Il est permis à M * V * de faire imprimer, vendre & debiter, une Piece de Theatre de sa composition, intitulée *La Folle Enchere*, *Comedie*, pendant le temps de six années, à compter du jour qu'elle sera imprimée pour la premiere fois, pendant lequel temps faisons tres-expresse inhibition & deffense à toutes autres personnes de quelque qualité & condition qu'elles soient, de faire imprimer, vendre ny debiter par tous les lieux & terres de nôtre obeïssance ladite Comedie, à peine de quinze cent livres d'amande payable sans depost par chacun des contrevenants, de confiscation des exemplaires contrefaits, & de tous dépens, dommages & interests, & autres peines portées plus au long par lesdites Lettres de Privilege.

Registré sur le Livre de la Communauté des Marchands Libraires & Imprimeurs de Paris le 27. Janvier 1691. suivant l'Arrest, &c.

Signé L. AUBOIN, Syndic.

Achevé d'imprimer le 8. Février 1691.

ACTEURS.

MADAME ARGANTE.

ERASTE, fils de Madame Argante

ANGELIQUE, Maistresse d'Eraste déguisée en Cavalier.

LISETTE, Domestique de Madame Argante.

MONSIEUR DE BONNEFOY, Notaire.

JASMIN, Laquais de Madame Argante.

MERLIN,	
CHAMPAGNE,	Valets d'Eraste.
LA FLEUR,	

La Scene est chez Madam Argante.

LA FOLLE ENCHERE.

COMEDIE.

SCENE PREMIERE.

MERLIN, CHAMPAGNE.

MERLIN.

HE' bien Monsieur Champagne, ou diantre venez-vous, vous n'avez que faire icy.

CHAMPAGNE.

Tu ne me dis pas la moitié des choses.

MERLIN.

Allez vous-en m'attendre où je vous ay dit.

CHAMPAGNE.

Mais ce Carosse.

MERLIN.

Il est tout prest.

CHAMPAGNE.

N'y passerai-je point en chemin fesant.

MERLIN.

Non ?

CHAMPAGNE.

Mon bonnet coëffé, mes fontanges.

MERLIN.

Tout l'equipage est au logis : Va-t'en boureau, & me laisse icy.

CHAMPAGNE.

Si quelque chose manque, Monsieur s'en prendra à moy.

MERLIN.

Rien ne manquera, je t'en réponds,

CHAMPAGNE.

Adieu donc.

MERLIN.

Il faut prendre la Fleur avec toy.

CHAMPAGNE.

Je l'ameneray.

MERLIN.

Ecoute, écoute, ne t'avise pas de laisser ta moustache au moins.

CHAMPAGNE.

Tu as bien fait de m'en advertir, je l'aurois oublié : Voicy Monsieur, je vais t'attendre de pied ferme.

SCENE II.

ERASTE, MERLIN.

ERASTE.

HE' bien, verray-je la fin de tout cecy, Angelique demeurera-t'elle encore long-temps déguisée sous les apparences trompeuses d'un autre sexe que le sien, je suis dans une impatience....

MERLIN.

Allons bride en main, s'il vous plaist, l'impatience la plus violente n'avance pas une affaire du moindre petit moment.

ERASTE.

Avec quelle dureté, avec quelle prevention ma mere a refusé de consentir à mon mariage, sans vouloir apprendre mesme ny le nom ny la famille de la personne que j'aime.

MERLIN.

Mais en revanche Monsieur, avec quelle fermeté, avec quelle grandeur d'ame vous estes-vous resolu à la fourber.

ERASTE.

Quelle raison peut-elle avoir euë.

MERLIN.

Monsieur elle veut estre jeune, en dépit de la nature, en vous mariant vous la feriez grand mere, & le titre de grand' mere vieillit ordinairement une femme de quinze bonnes années des plus complettes.

ERASTE.

Il faudra bien pourtant....

MERLIN.

Oh asseurément il faudra bien qu'elle la devienne, vertu de ma vie, vous n'estes ny de taille ny d'humeur à mourir sans heritiers; je vous connois.

ERASTE.

Mon pauvre Merlin, je veux tenter aujourd'huy l'execution de ce que nous avons projetté.

MERLIN.

Il faut ſçavoir auparavant au juſte dans quelle ſituation eſt le cœur de Madame voſtre mere pour le petit Comte ſuppoſé.

ERASTE.

Elle l'aime à la fureur, je t'en réponds, Angelique eſt charmante dans ce déguiſement.

MERLIN.

Elle s'y plaiſt aſſez à elle-meſme, & je ne ſçay ſi elle a autant d'empreſſement que vous de le voir finir.

ERASTE.

Pour moy je ne puis vivre dans l'incertitude.

MERLIN.

On vous en tirera le plutoſt qu'on poura, Madame voſtre mere ne me ſoupçonne point d'eſtre à vous.

ERASTE.

Comment le ſoupçonneroit-elle, nous ne venons jamais chez elle, ny toy ny moy, que quand nous ſommes ſeurs de ne l'a point trouver.

MERLIN.

C'eſt une étrange mere franchement, & la noble averſion qu'elle a pour vous, merite aſſez la petite friponnerie que nous allons luy faire.

ERASTE.

Mais crois-tu que Champagne ait aſſez d'eſprit.

MERLIN.

Comment aſſez d'eſprit, c'eſt un de mes éleves, il fera la fauſſe Marquiſe à merveille, ne vous mettez pas en peine, Liſette eſt dans vos intereſts.

ERASTE.

J'ay tout lieu de le préſumer.

MERLIN.

Aſſurez-vous-en, & le Notaire de Madame voſtre mere?

ERASTE.

J'ay vaincu ſes ſcrupules, il ne tient plus qu'à de l'argent.

MERLIN.

Il eſt bon homme.

ERASTE.

Le meilleur homme du monde, mais il m'a demandé mille eſcus pour me rendre un ſi bon office.

MERLIN.

Mille écus, c'eſt donner les choſes pour rien, je tireray cette ſomme de Madame voſtre mere, & quelque choſe de plus meſme : comme j'avois préveu que nous aurions beſoin d'argent, j'ay déja pris mes meſures, & la machine eſt toute trouvée : Voicy Liſette.

SCENE III.

ERASTE, LISETTE, MERLIN.

ERASTE.

JE t'attendois avec impatience, hé bien ma chere Liſette peus-tu me rendre un compte exact des ſentimens de ma mere, t'a t'elle ouvert ſon cœur, crois-tu ſa tendreſſe aſſez forte....

LISETTE.

Cela paſſe l'imagination, & je ne ſçais pas ſi vous ne devriez point faire conſcience d'avoir aidé à la mettre dans l'état où elle eſt.

MERLIN.

Comment conſcience ! une mere, parce qu'elle eſt maîtreſſe de tout le bien, ſe croira en droit de faire enrager Monſieur ſon fils, elle luy refuſera ſon conſentement pour un mariage honneſte : Elle ne voudra luy faire aucunes avances ſur ſa ſucceſſion, & moy qui fais profeſſion d'eſtre le vangeur des injuſtices, je verray cela d'un œil tranquile ; non, je ne feray point ce tort à ma reputation, & la bonne Dame apprendra à ſe connoître en gens ſur ma parole.

LISETTE.

Un de mes étonnemens, eſt qu'elle s'y connoiſſe ſi peu, car enfin quelque bon air qu'ait Mademoiſelle Angelique, quelque peu embaraſſée qu'elle ſoit de ſon déguiſement, une fille n'eſt point faite comme un homme, & je m'appercevrois fort bien de la difference.

MERLIN.

Oh diable, tu es une connoiſſeuſe.

ERASTE.

Ma pauvre Lisette, garde-toy bien de rien dire qui puisse donner à ma mere aucun soupçon de la verité.

LISETTE.

Ne craignez rien, je suis bonne personne, mais dépeschez-vous de venir au fait, elle pouroit à la fin s'appercevoir que Monsieur le Comte n'est qu'une Comtesse.

ERASTE.

Elle a raison, il est temps d'agir.

MERLIN.

Agissons donc, j'y consens; allez avertir Angelique de se rendre icy. Le Chevalier de Pharnabasac veut estre payé; elle sçait ce que cela signifie, pour vous attendez mes ordres chez le Notaire, j'iray vous porter les trois cens Louïs moy-mesme. Adieu, voicy bien-tost les moments qui decideront de vostre destinée.

ERASTE.

Si vous me l'a rendez heureuse, je vous promets de la partager avec vous.

MERLIN.

Les belles paroles ne coustent rien.

ERASTE.

Ce ne ſont point de ſimples paroles ; tien Liſette, je ſuis fâché qu'il n'y ait que trente piſtolles dans ma bourſe, mais acheptes-en des fontanges, je te prie.

LISETTE.

Voila le plus heureux préſage du monde.

MERLIN.

Monſieur :

ERASTE.

Que veux-tu ?

MERLIN.

Ne trouvez-vous point que j'aurois beſoin d'un petit chapeau.

ERASTE.

Je n'auray jamais rien qui ne ſoit à toy ſur ma parole.

SCENE IV.

LISETTE, MERLIN.

MERLIN.

TE voila assez bien en fontangée, à ce qu'il me semble.

LISETTE.

L'aimable petit homme que ton Maître.

MERLIN.

Tu ne l'avois jamais trouvé si joly.

LISETTE.

Moy je l'ay toujours aimé d'inclination, il faut sçavoir tous les soins que j'ay pris pour mettre l'esprit de Madame dans la situation dont nous avons besoin pour le succés de nostre entreprise.

MERLIN.

Et penses-tu qu'il y soit, la parlons serieusement, donne-t'elle de bonne foy dans le parfait amour, est-elle bien persuadée. ...

LISETTE.

Et comment voudrois-tu qu'elle ne le fut pas, elle est vieillote & tres coquette : Un jeune garçon, ou qui paroist l'estre du moins tout des plus beaux, & des mieux faits, s'attache à luy en conter : elle seroit bien ennemie d'elle-mesme si elle ne le croyoit pas.

MERLIN.

Tu as raison.

LISETTE.

Il luy dit qu'elle est jeune & jolie, y a-t'il rien de plus facile à persuader : elle est bien contente d'elle depuis quelque temps.

MERLIN.

Et les miroirs ne troublent-ils point un peu son petit contentement.

LISETTE.

Bon les miroirs, je parirois qu'elle s'est mis en teste que le goust change pour les visages, & que les plus ridez deviennent les plus à la mode.

MERLIN.

Mais en effet il y a mille Coquettes à Paris qui n'en portent point d'autres. Venons au fait, est-elle prevenuë que Monsieur le Comte dépend d'un pere avare, fâcheux, violent, imperieux, bouru, capricieux, brutal mesme ; il estoit bon d'aller jusque-là.

LISETTE.

Comme je sçais que c'est toy qui dois faire ce pere là, j'en ay fait un portrait le plus impertinent qu'il m'a esté possible.

MERLIN.

Fort bien, luy a-t'on fait entendre que ce pere a une fille qu'il aime tendrement, & qu'il veut absolument avoir mariée avant que de souffrir aucun établissement à Monsieur son fils.

LISETTE.

Nous ne l'entretenons d'autre chose.

MERLIN.

Fort bien, c'est le nœud de l'affaire : Monsieur le Comte a-t'il fait connoître adroitement à Madame Argante qu'il a besoin d'argent.

LISETTE.

Elle en est parfaitement persuadée, mais la Dame est avare, je t'en advertis.

MERLIN.

Il n'importe, elle eſt amoureuſe je te réponds de tout, tu n'a qu'à fai re la guerre à l'œil, & à nous ſecon der Champagne & moy.

LISETTE.

Voicy Madame , il ſeroit bo qu'elle ne te viſt pas.

MERLIN.

Cela ne gâtera rien , au contrair j'ay une botte à luy porter.

SCENE V.

MADAME ARGANTE, LISETTE MERLIN.

MADAME ARGANTE.

AH ma pauvre Liſette , je m meurs de chagrin.

LISETTE.

Comment donc Madame, qu'y a t'il de nouveau.

MADAME ARGANTE.

Je n'en puis plus, je ſuis au deſe

poir, qui est cét homme-là ?

LISETTE.

C'est ;

MADAME ARGANTE.

Quoy c'est ? que veux-tu mon enfant, qui t'ameine icy ?

MERLIN.

C'est ma Maîtresse qui m'y envoye Madame.

MADAME ARGANTE.

Et qui est-elle t'a maîtresse.

MERLIN.

La Marquise de la Tribaudiere ; Madame, j'apportois un billet de sa part à Monsieur le Comte.

MADAME ARGANTE.

Un billet à Monsieur le Comte ?

MERLIN.

Ouy, Madame, mais je vais dire à ma maîtresse que je ne l'ay point trouvé, & que j'ay eu seulement l'honneur de faire la reverence à Madame sa grand' mere.

MADAME ARGANTE.

Comment grand' mere, grand' mere, moy, moy, grand' mere ; mais voyez un peu cet insolent ? est-ce que j'ay l'air d'une grand' mere,

LISETTE.

On ne peut pas ſe méprendre plus groſſierement.

MADAME ARGANTE.

Il ſemble que tout ſoit fait aujourd'huy pour me deſeſperer.

LISETTE.

Que vous eſt-il donc arrivé?

MADAME ARGANTE.

Je viens de rencontrer le petit Comte dans un caroſſe.

LISETTE.

Hé bien Madame,

MADAME ARGANTE.

Mon coqnin de fils eſtoit avec luy.

LISETTE.

Quoy, Madame, eſt-ce qu'ils ſe connoiſſent?

MADAME ARGANTE.

Je ne crois pas; mais Eraſte aura ſceu que nous nous aimons, il luy va faire cent ſots contes de moy.

LISETTE.

Oh Madame! il a trop de reſpect:

MADAME ARGANTE.

Luy du reſpect, c'eſt un petit dénaturé qui ne veut pas que je me marie.

LISETTE.

LISETTE.

Le petit ridicule.

MADAME ARGANTE.

Il porte exprés des perruques brunes, & il dit par tout qu'il a trentecinq ans, pour m'empeſcher de paroiſtre auſſi jeune que je la ſuis.

LISETTE.

Le méchant eſprit, il n'en a pas encore vingt, je gage.

MADAME ARGANTE.

Aſſeurément il ne les a pas, & quand je le fis, j'eſtois ſi jeune, ſi jeune, que c'eſt un miracle que je l'aye fait.

LISETTE.

Et le petit ingrat ne vous ſçait point de gré d'avoir fait un miracle.

MADAME ARGANTE.

Je me vangeray de ſon ingratitude, & je veux me dépeſcher de devenir Comteſſe.

LISETTE.

Vous ne ſçauriez prendre un meilleur party.

MADAME ARGANTE.

Tout ce qui m'inquiete, c'eſt que ce petit Comte eſt bien joly homme,

& les jolis gens aujourd'huy ſont ra-rement ſans beaucoup d'intrigues.

LISETTE.

Et quand il en auroit, Madame, il ne devroit vous en paroiſtre que plus aimable : De bonne foy vous accommoderiez-vous d'un amant qui n'auroit aucun ſacrifice à vous faire.

MADAME ARGANTE.

Non, mais je ne voudrois point un mary qui me ſacrifiât à ſes maîtreſſes.

LISETTE.

Ma foy, Madame, je répondrois bien de celuy-cy, & je mettrois ma main au feu qu'il ne vous fera jamais d'infidelité.

MADAME ARGANTE.

Tu vois qu'on luy envoye des billets juſques chez moy.

LISETTE.

Ce n'eſt pas ſa faute :

MADAME ARGANTE.

Je ſçauray bien des choſes avant qu'il ſoit peu.

LISETTE.

Comment donc Madame ?

MADAME ARGANTE.

Il y a une adroite de par le monde, qui depuis quelques jours prend ſoin d'obſerver ſa conduite.

SCENE VI.

MADAME ARGANTE, LISETTE, JASSEMIN.

JASSEMIN.

VOila cette groſſe Madame qui fut hier ſi long-temps avec vous.

MADAME ARGANTE.

C'eſt elle qui vient m'apprendre des nouvelles, demeure icy Liſette, & ſi le Comte vient tu l'amuſeras quelques momens.

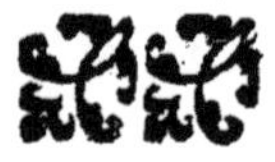

SCENE VII.

LISETTE seule.

OUy par ma foy, tout cecy pouroit bien ne pas tourner aussi heureusement que Monsieur Merlin se l'est imaginé ; cette femme est soupçonneuse, elle cherche à découvrir quelques intrigues de nostre petit Comte, & elle découvrira, peut-estre qu'il ne luy est pas possible d'en avoir ; mais le voicy.

SCENE VIII.

ANGELIQUE en habit d'homme, LISETTE.

ANGELIQUE.

EH ! non, non, mon enfant, dis à ta maîtresse que cela ne se peut, j'ay d'autres affaires, j'ay d'autres affaires, te dis-je : Voila trente fois que je te le repete, fais-moy le plaisir de ne me plus importuner.

LISETTE.

Vous vous expliquez cruellement, & vous avez, à ce que je vois, plus de bonnes fortunes que vous n'en voulez.

ANGELIQUE.

Ah le fatiguant métier que celuy d'un joly homme, je ne le suis qu'en apparence, & je n'ay pas un moment à moy, femmes de robe Maltotieres, femmes de qualité bourgeoises, on ne sçait de quel costé tourner, il y a la femme d'un Banquier qui me persecute, & par tout où je suis il pleut des grisons & des billets de sa part.

LISETTE.

Voila de pauvres femmes bien mal adressées ? est-il possible que tant de froideur ne rebute point les unes, ou ne fassent point ouvrir les yeux aux autres, je m'étonne que quelque rusée n'en devine point la veritable raison.

ANGELIQUE.

Parbleu je les défie toutes tant qu'elles sont de la deviner arrivée depuis trois mois seulement de la Province la plus reculée, je n'ay commencé à briller dans le beau monde que sous ce déguisement, & de l'air dont je fais le jeune homme, je donne aux yeux les plus penetrans à démesler que je ne le suis pas.

LISETTE.

Ouy pour les airs de nos jeunes gens, vous les prenez tous à merveille, & il semble que vous les ayez étudiez toute vostre vie.

ANGELIQUE.

Je les copie d'un bout à l'autre, je n'ay de la complaisance que pour moy, des égards pour qui que ce soit, un palsanbleu ne me coûte rien devant des femmes de qualité, mesme je brusque de sang froid la plus jolie personne du monde; Je suis insolent avec les personnes de robe, honneste & civil pour les gens d'épée, pour les Abbez je les desole, je prens force tabac d'asse[illegible] bonne grace, & je serois parfait jeune hõme si je pouvois devenir yvrogne.

LISETTE.

Il est vray, c'est la seule chose qui vous manque ; mais toutes ces perfections ne serviront de rien pour vostre affaire, & Madame Argante est peut-estre détrompée à l'heure qu'il est.

ANGELIQUE.

Comment ?

LISETTE.

Elle vous a fait épier, & on luy rend compte de tout.

ANGELIQUE.

Ah ! je sçais ce que c'est, son espion est à nous, on ne luy dit rien que Merlin n'ait dicté, & les soins qu'elle a pris ne serviront qu'à la mieux tromper.

LISETTE.

Cela est heureux, elle vient de voir Eraste avec vous.

ANGELIQUE.

Nous l'avons bien voulu :

LISETTE.

C'est à dire que nous touchons au dénoument.

ANGELIQUE.

Je ne l'envisage qu'avec frayeur, & j'aurois voulu pouvoir estre heureuse sans le recours de tous les artifices dont nous nous servons.

LISETTE.

Ces bons sentimens excusent tout; c'est une belle chose que l'intention.

ANGELIQUE.

Merlin ne va-t'il pas venir.

LISETTE.

Apparemment vous estes instruite de tout ce que vous avez à faire.

ANGELIQUE.

Je sçais mes roolles par cœur.

LISETTE.

Songez à vous en bien tirer, je crois entendre Madame.

ANGELIQUE.

Tu ne me disois pas qu'elle estoit au logis, si elle nous avoit écoutées.

LISETTE.

Elle pouroit avoir écouté sans avoir entendu, la salle est grande, & la bonne Dame n'a pas l'oreille fine; mais pour plus de seureté cachez-vous un moment, & me laissez pren-

dre

dre langue ; dépeſchez viſte, la voicy, elle ne paroiſt pas de bonne humeur.

SCENE IX.

MADAME ARGANTE LISETTE.

MADAME ARGANTE.

HE bien Liſette, il n'eſt point venu ?

LISETTE.

Non, Madame.

MADAME ARGANTE.

Le ſcelerat, il n'a envoyé perſonne.

LISETTE.

Non, Madame.

MADAME ARGANTE.

Petit monſtre de perfidie !

LISETTE.

Voſtre chagrin eſt encore augmenté.

MADAME ARGANTE.

Tu ſçais les termes où nous en ſommes, & tu vois bien par ſes manieres, qu'il ne tient qu'à moy de l'épouſer.

LISETTE.

Hé bien Madame.

MADAME ARGANTE.

Hé bien Liſette, il eſt dans la meſme diſpoſition pour une douzaine d'autres.

LISETTE.

Pour une douzaine d'autres.

MADAME ARGANTE.

Il y a entr'autres une certaine vieille Marquiſe, avec qui l'on dit qu'il a des engagemens tres-forts.

LISETTE.

Hâtez-vous de le prendre Madame, il vous échappera, vous n'avez point de temps à perdre : Le voicy

MADAME ARGANTE.

Ah! ma pauvre Liſette, malgré tout ce qu'on m'en a dit, je n'auray pas la force de le quereller.

LISETTE.

La pauvre femme.

SCENE X.

MADAME ARGANTE, ANGELIQUE, LISETTE.

ANGELIQUE.

EN verité, Madame, il m'a fallu essuyer ce matin une fatigante conversation.

MADAME ARGANTE.

Mon coquin de fils aura parlé, je l'avois bien prévû.

ANGELIQUE.

Le déplaisant animal qu'une vieille amoureuse.

LISETTE.

Le beau compliment à luy faire.

MADAME ARGANTE.

Elles ne vous paroissent pas toutes si affreuses, Monsieur, & certaine Marquise entr'autres...

ANGELIQUE.

Oüy, Madame, justement; c'est une Marquise qui m'a tant ennuié. La vieille folle.

LISETTE.

N'est-ce point elle qui vous envoye chercher jusques icy.

ANGELIQUE.

C'est elle-mesme apparemment.

LISETTE.

Je ne sçais point quel âge elle a, mais son valet de chambre prend tout le monde pour des grand-meres : Demandez à Madame.

MADAME ARGANTE.

Tay-toy Lisette, on n'a que faire de sçavoir ces sortes de bagatelles.

ANGELIQUE.

C'est une femme qui me desole, elle me perd de reputation. Comment, Madame, ellepublie par tout que je suis amoureux d'elle, que je brûle d'impatience de devenir son mary.

MADAME ARGANTE.

Il est vray que toute la terre en parle de la mesme maniere.

ANGELIQUE.

Ce bruit est venu jusqu'à vous.

LISETTE.

Vrayment, vrayment, il nous en

eſt venu de bien plus terribles.

ANGELIQUE.

Quoy Liſette !

LISETTE.

On a fait entendre à Madame, que vous eſtes le Heros de la coquetterie.

ANGELIQUE.

Moy le Heros, j'en ſuis le martyr, & malgré toute la tendreſſe que j'ay pour vous, je ſeray forcé de vous quitter, & d'aller faire le reſte de la Campagne.

MADAME ARGANTE.

Le reſte de la Campagne ; que dites-vous ?

ANGELIQUE.

Je ſuis accablé d'avantures ; la pluſ-part des jeunes gens ſont à l'armée, toutes les Coquettes de Paris me tombent ſur les bras.

LISETTE.

Et mort de ma vie qu'elles ſont folles, il y a tant d'autres gens qui ne ſçavent que faire ; & la Robe ne fournit-elle pas d'auſſi jolis hommes que l'Epée, il me ſemble pour moy qu'un jeune Advocat en eſté, vaut encore mieux qu'un vieux Colonel pendant le quartier d'hyver.

ANGELIQUE.

Tu as raiſon ; mais les femmes du monde raiſonnent-elles, il n'y a que de l'étoille & du caprice dans tout ce qu'elles font.

LISETTE.

C'eſt à dire que vous eſtes à preſent l'objet de l'étoille & du caprice.

MADAME ARGANTE.

Monſieur le Comte ne vous en allez point, ſi vous ne voulez me deſeſperer.

ANGELIQUE.

Dites-moy donc ce que vous voulez que je faſſe.

LISETTE.

Eh pourquoy, tant heſiter vous vous aimez tousdeux ; faut-il faire tant de façons. Un bon mariage dans les formes guerira Madame de ſes ſoupçons, & vous poura vous mettre à couvert des perſecutions qu'on vous fait.

MADAME ARGANTE.

Vous ne répondez point à cela Monſieur le Comte.

ANGELIQUE.

C'est à moy d'attendre que je ſçache ce que vous en penſez.

MADAME ARGANTE.

Liſette me paroiſt une fille de fort bon conſeil.

LISETTE.

N'eſt-il pas vray?

ANGELIQUE.

Mais Madame, à moins que cette affaire ne ſoit extremément ſecrette.

MADAME ARGANTE.

Elle le ſera; j'ay un Notaire qui eſt la diſcretion-meſme: Liſette qu'on faſſe dire à Monſieur de Bonnefoy que je le prie de venir icy.

LISETTE.

Voila l'affaire en bon chemin.

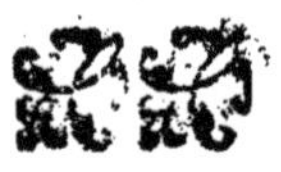

SCENE XI.

MADAME ARGANTE, ANGELIQUE.

MADAME ARGANTE.

JE ne ſçais que penſer Monſieur, vous voulez ménager mes rivales, puiſque vous voulez éviter l'éclat.

ANGELIQUE.

Moy, Madame ! je les mépriſe toutes ; mais je vous ay parlé cent fois de l'humeur bizare de mon pere, je crains mille obſtacles de ſa part ; que ſçay-je ſi ſon caprice n'iroit point juſqu'à ne pas ſouffrir ce mariage, quelqu'avantageux qu'il me puiſſe eſtre, s'il ne trouvoit en meſme temps un party conſiderable pour ma ſœur. Vous auriez de la peine à croire quel eſt ſon enteſtement là-deſſus.

MADAME ARGANTE.

Je vous aime trop, je crois tout ce que vous me dites, je veux tout ce que vous voulez ; vous n'auriez pas de gloire à me tromper.

SCENE XII.

MADAME ARGANTE, ANGELIQUE, LISETTE.

LISETTE.

MOnſieur, voila un Monſieur de Pharnabaſac qui vous demande.

ANGELIQUE.

Pharnabaſac, dis-tu Pharnabaſac.

LISETTE.

Oüy, Monſieur Pharnabaſac.

ANGELIQUE.

L'étrange homme que Monſieur de Pharnabaſac, de me venir rendre viſite chez Madame...

MADAME ARGANTE.

Vous eſtes le Maiſtre, qu'il vienne ; vous connoissez des noms bien heteroclites Monsieur le Comte.

ANGELIQUE.

C'est un joüeur, une espece de fripon mesme, je vous l'avouë, avec qui je prévois que j'auray du bruit.

MADAME ARGANTE.

Comment du bruit, gardez-vous en bien ; je devine ce que c'est, vous luy devez de l'argent.

ANGELIQUE.

Oüy, Madame, une bagatelle, trois cens pistolles qu'il m'a déja demandées avec une insolence...

MADAME ARGANTE.

Je le crois bien, à son nom seul je gagerois que c'est un brutal : Le voicy, quelle phisionomie.

SCENE XIII.

MADAME ARGANTE, ANGELIQUE, LISETTE, MERLIN.

MERLIN déguisé.

BOn jour Madame, vostre valet.

ANGELIQUE.

Ah Lisette, Merlin est yvre, tout est perdu.

MERLIN.

J'entre assez librement comme vous voyez, mais c'est ma maniere, & de tout temps les Pharnabasacs ont toûjours esté sans façon. Bon jour yvrogne, c'est toy que je cherche.

MADAME ARGANTE.

Ce Monsieur le Chevalier vient de faire la débauche.

MERLIN.

Non, Madame, mais j'ay bien dîné, & ma passion dominante à

moy, c'eſt de rendre des viſites ſerieuſes en ſortant de table.

ANGELIQUE.

En verité Monſieur de Pharnabaſac, vous prenez auſſi mal voſtre temps.

MERLIN.

Je prens mal mon temps, dites-vous; parbleu, mon cher, il me ſemble que pour vuider les petits comptes que nous avons enſemble, je ne te puis mieux joindre que dans cette maiſon.

LISETTE.

Il vient au fait, ne vous effarouchez point.

ANGELIQUE.

Comment donc, que voulez-vous dire; il ſemble que vous preniez Madame pour ma Treſoriere.

MERLIN.

Pourquoy non, ſi elle ne l'eſt pas encore, il ne tiendra qu'à elle de la devenir. Voicy une occaſion des plus favorables, Madame, un petit Gentil-homme d'auſſi bon air, vaut aſſez qu'on faſſe quelque choſe pour luy.

ANGELIQUE.

Il est yvre, Madame, comme vous voyez.

LISETTE.

Son yvresse est de bon sens, laissez-le faire.

MADAME ARGANTE.

Je le trouve impertinent dans toutes ses manieres.

ANGELIQUE

Je vais le brusquer & l'obliger de sortir.

MADAME ARGANTE.

Le brusquer ; non, n'en faites rien.

MERLIN.

Quelle petite conversation avez-vous-là tous trois en vostre petit particulier ? vous parlez de moy sur ma parole.

ANGELIQUE.

Il faut vous debarasser de cét yvrogne.

MERLIN.

Le beau brin de femme, morbleu le beau brin de femme !

ANGELIQUE.

Je ne m'attendois point à le voir dans cet état.

LIESTTE.

Soûtenez la gageure, vous dis-je.

MERLIN.

Je ſuis dans l'admiration depuis les pieds juſqu'à la teſte.

MADAME ARGANTE.

Il a du bon dans ſes manieres.

MERLIN.

Où ce petit fripon là déterre-t'il les beautez, cette Marquiſe encore, elle eſt druë, elle eſt druë.

ANGELIQUE.

Il ne ſçait ce qu'il dit.

MERLIN.

Et à propos de cette Marquiſe, tu n'eſt donc plus dans le gouſt de l'épouſer, voila qui eſt finy, tu as bien fait ſi tu ne l'épouſe pas ; pourtant tu ſeras obligé à de grandes reſtitutions.

MADAME ARGANTE.

Comment, Monſieur, des reſtitutions s'il ne l'épouſe point ; expliquez-vous s'il vous plaiſt.

MERLIN.

Ils auront quelques petits comptes à faire enſemble.

MADAME ARGANTE.

Parlez plus clairement je vous prie.

MERLIN.

Il vous en coustera quelque millier de pistolles, pour le tirer, des mains de cette Marquise.

MADAME ARGANTE.

Faites-moy comprendre cette enigme Monsieur le Comte ?

ANGLIQUE.

Je n'y comprends rien moy-même.

MERLIN.

Il est engagé au moins ce jeune homme; mais baste, ce n'est pas-là ce qui m'amene; parlons d'autres choses. Hé bien qu'est-ce, ces trois cent pistolles que tu me dois, n'es-tu point las de me faire attendre, Madame va-t'elle me les compter, veux-tu me donner une lettre de change sur quelqu'une de tes maîtresses ?

MADAME ARGANTE

Sur quelqu'une de ses maîtresses.

ANGELIQUE.

Il fait le mauvais plaisant, Madame, si la patience m'échappe une fois...

MERLIN.

Cela m'est indifferent moy, ç'a dépeschons, je vous prie, j'ay d'autres affaires : Allons, Madame, de l'argent.

MADAME ARGANTE.

Mais vrayment Monsieur, de Pharnabasac est un voleur de grand chemin.

MERLIN.

Vous pouriez vous énoncer plus civilement Madame, voleur de grand chemin ; & morbleu je suis chez vous.

ANGELIQUE.

Ecoutez Monsieur de Pharnabasac, vous n'estes pas en état qu'on vous parle raison, si pourtant vous continuez à me fâcher, je vous la feray entendre d'une maniere...

MADAME ARGANTE.

Monsieur le Comte, qu'allez-vous faire ?

MERLIN.

Il est violent le petit homme.

LISETTE.

LISETTE.

Ils s'égorgeront dans vostre chambre, si vous n'y mettez ordre.

MADAME ARGANTE.

Quel ordre y mettre, à moins de luy donner trois cens pistolles.

ANGELIQUE.

Les luy donner, Madame, j'aimerois mieux mille fois...

LISETTE.

Hé le petit mutin ; Madame il n'y a point d'autre party à prendre.

MERLIN.

Non, s'il vous plaist Madame, je ne les veux pas recevoir de vostre main ; je ne pretends pas qu'on dise que je suis un voleur, mais Monsieur me doit trois cent pistolles, n'est-il pas juste qu'il me les paye. La verité est que si je ne les ay tout à l'heure d'une façon ou d'une autre, je vous estime & vous respecte Madame, je ne veux point faire de bruit dans vostre maison, mais j'auray le plaisir de le tüer à vostre porte.

MADAME ARGANTE.

Le plaisir de le tüer, ah juste Ciel!

MERLIN.

Je me mocque de tout, moy.

MADAME ARGANTE

Monsieur de Pharnabasac, je vais vous chercher de l'argent.

ANGEIQUE.

Non, Madame, n'en faites rien ; je vous en conjure.

LISETTE.

Dépeschez-vous, Madame, ce n'est pas luy qu'il en faut croire le petit déterminé.

MADAME ARGANTE.

Monsieur le Comte, venez avec moy.

LISETTE.

Hé allez, allez Madame, ne craignez rien, je les separeray s'ils se veulent battre.

MERLIN.

Nous battre, & morbleu pourquoy nous battre, puisque Madame nous accorde.

MADAME ARGANTE.

Vous me promettez d'estre sages.

ANGELIQUE.

Je souscris à ce que vous voulez, mais je me fais une terrible violence pour vous obeïr.

LISETTE.

Le petit cœur de lyon, allez viste, Madame., allez viste.

SCENE XIV.

ANGELIQUE, LISETTE, MERLIN

MERLIN.

Est-elle partie ?

LISETTE.

Oüy.

MERLIN.

Il me semble que pour un yvrogne, je me suis assez bien tiré d'affaires.

ANGELIQUE.

Pourquoy donc affecter de le paroistre ; tu m'as d'abord fort embarassée.

MERLIN.

Pourquoy, Madame, c'est une petite fantaisie qui m'a prise en venant icy, j'ay plus d'un rôle à joüer dans cette Comedie, & l'air & le ton d'un yvrogne déguisent parfaitement un visage.

ANGELIQUE.

Où est Eraste?

MERLIN.

Où vous l'avez laissé, chez Monsieur de Bonnefoy, ils m'attendent avec les trois cent pistolles.

LISETTE.

Sans cela il n'y auroit donc rien à faire!

MERLIN.

Non, mon enfant, point d'argent, point de Notaire; c'est la coûtume de Paris.

ANGELIQUE.

Ce commencement n'est pas malheureux.

MERLIN.

La Marquise de la Tribaudiere attend que le Chevalier de Pharnabasac soit sorty pour venir prendre sa place: Nous ferons faire du chemin à Madame Argante en peu de temps.

ANGELIQUE.

J'apprehende qu'elle ne se rebute.

MERLIN.

Ne le craignez point, j'ay la pratique, & je connois les femmes; une jeune perſonne ſe reſoud ſans peine à perdre un Amant dans l'eſpoir d'en faire aiſément un autre, mais une vieille amoureuſe craint de lâcher priſe : Ce ſeroit paſſer pour n'y plus revenir.

LISETTE.

La belle morale.

MERLIN.

Elle eſt bien vraye, ſongez donc...

LISETTE

Songe toy-même à reprendre ton ſang froid : Voicy Madame.

SCENE XV.

MADAME ARGANTE, ANGELIQUE, LISETTE, MERLIN.

MERLIN.

OUy, je vous le dis naturellement moy, cette Madame Argante est mieux vostre fait qu'aucune autre, une brave femme, belle, bien faite, jeune avec cela, & qui dans dans les choses assurément fait voir que.......... Ah ! Madame, je vous demande pardon, je disois librement mes petites pensées à ce petit jeune homme, je suis sans rancune, qu'on me doive de l'argent, je le demande, quand je suis payé, je n'en demande plus.

MADAME ARGANTE.

Il y a trois cens Loüis d'or dans cette bource Monsieur.

MERLIN.

Ce ſont des Loüis neufs Madame.

MADAME ARGANTE.

Oüy vrayment.

MERLIN.

Valans douze livres dix ſols piece.

MADAME ARGANTE.

Douze livres dix ſols, je n'en ay point d'autres.

MERLIN.

Il ſeroit mal-honneſte que vous payaſſiez les gens en vieille monnoye ; cela ſeroit ſuſpect voyez-vous.

ANGELIQUE.

Mon cher Monſieur de Pharnabaſac, finiſſons je vous prie ; vous eſtes content, ſerviteur.

MERLIN.

Voſtre valet, adieu juſqu'au revoir : Voila la plus obligeante perſonne que je connoiſſe.

SCENE XVI.

MADAME ARGANTE, ANGELIQUE, LISETTE.

ANGELIQUE.

JE ſuis au deſeſpoir de cette aventure, & tout à fait confus de la maniere dont elle ſe termine.

LISETTE.

Bon, confus, eſt-ce que les jeunes gens d'aujourd'huy rougiſſent de ces ſortes de choſes; il faut regarder ces trois cent piſtolles, comme un échantillon du preſent de nopces que Madame vous fait.

MADAME ARGANTE.

Monſieur de Bonnefoy va-t'il venir?

LISETTE.

Un de vos Lacquais eſt allé chez luy, voulez-vous que j'en envoye encore un autre, j'ay autant d'impatience que vous, & je voudrois

déja

déja que tout fust ſigné.

ANGELIQUE.

Liſette eſt beaucoup dans mes intereſts.

LISETTE.

Vous ne m'en avez pas toute l'obligation, ce n'eſt que par rapport à Madame ; je ſuis franche comme vous voyez.

SCENE XVII.

MADAME ARGANTE, ANGELIQUE, LISETTE, JASMIN.

JASMIN.

MOnſieur, il y a là-bas une Dame dans un grand Caroſſe doré, qui vous demande.

MADAME ARGANTE.

Une Dame, qui vous demande !

LISETTE.

Il ſemble que ce ſoit icy le Bureau d'adreſſe.

ANGELIQUE.

Une Dame qui me demande; quel contre-temps!

MADAME ARGANTE,

Que ne disiez-vous que Monsieur n'y estoit pas, petit animal?

JASMIN.

Oh dame, Madame, je ne sçavois point que vous ne vouliez pas qu'il y fust.

ANGELIQUE.

Toutes sortes de malheurs m'arrivent.

LISETTE.

Ne devinez-vous point qui se peut estre?

ANGELIQUE.

Cela n'est pas difficile, un grand carosse doré; c'est la Marquise assurément.

MADAME ARGANTE.

Cette Marquise de la Tribaudiere?

ANGELIQUE.

Oüy, Madame.

JASMIN.

Elle dit que vous vous dépeschiez de décendre, & que vous ne luy donniez pas la peine de vous venir querir.

ANGELIQUE.

Ma pauvre Lisette, il faut que tu ailles luy parler, je te prie.

LISETTE.

Que luy diray-je ?

ANGELIQUE.

Tu luy diras...... Il vaut mieux que j'y aille moy-même.

LISETTE.

Elle vous enlevera.

MADAME ARGANTE.

Demeurez icy, Monsieur le Comte.

ANGELIQUE.

Hé bien donc, Lisette, tu luy diras....

LISETTE.

Ma foy, vous luy direz vous-même. Elle s'est impatientée, je croy que la voicy.

ANGELIQUE

C'est elle-même ; comment faire ?

MADAME ARGANTE.

Dépeschez-vous de la renvoyer.

SCENE XVIII.

MADAME ARGANTE, ANGELIQUE, CHAMPAGNE déguisé en Marquise, LISETTE.

CHAMPAGNE.

MA bonne Dame, vostre tres-humble servante. Sans ce Gentil-homme qui est toûjours chez vous, à ce qu'on dit, je ne vous rendrois pas une visite aussi hors d'œuvre, que celle-cy.

LISETTE.

Voila une Marquise tout-à-fait honneste.

ANGELIQUE.

Ne la brusquez point, Madame, c'est une extravagante.

MADAME ARGANTE.

J'auray bien de la peine à m'empescher de luy dire son fait.

CHAMPAGNE.

Hé bien, Monſieur, avez-vous bien-toſt finy ; viendrez-vous ? Voſtre pere & mon neveu le Chevalier Jumeau, nous attendent.

MADAME ARGANTE.

En verité, Madame, vous joüez un étrange perſonnage : Courir ainſi aprés un jeune homme.

CHAMPAGNE.

Comment donc, Madame, qu'eſt-ce que cela ſignifie ; ne doit-il pas eſtre mon mary ce jeune homme ?

MADAME ARGANTE.

Voſtre mary ; luy, voſtre mary ?

LISETTE.

Bon, cela commence fort bien.

MADAME ARGANTE.

Monſieur le Comte, détrompez Madame s'il vous plaiſt.

ANGELIQUE.

La détromper, c'eſt là ſa folie, ne vous l'ay-je pas dit.

CHAMPAGNE.

Parlez, Monſieur, parlez, quelles meſures gardez-vous, qui vous empeſchent de dire naturellement la verité.

ANGELIQUE.

Que me ſerviroit-il de la dire, Madame, ne vous ay-je pas là-deſſus expliqué cent fois mes penſées ?

MADAME ARGANTE.

Il eſt vray, qu'il faut eſtre étrangement enteſtée de chimeres.

CHAMPAGNE.

Comment de chimeres ; vous ſouffrez qu'on m'appelle chimeres, Monſieur.

LISETTE.

Si la converſation s'échauffe, la Marquiſe aura ſur les oreilles.

CHAMPAGNE.

Parlez, Monſieur, parlez, n'ay-je pas la parole de voſtre pere ?

ANGELIQUE.

Je veux croire qu'il vous l'a donnée.

MADAME ARGANTE.

Quoy, Monſieur !

ANGELIQUE.

C'eſt pour cela que je vous recommandois le ſecret.

CHAMPAGNE.

Voſtre ſœur ne doit-elle pas épouſer mon neveu ?

ANGELIQUE.

Il me ſemble que j'en ay oüy parler.

MADAME ARGANTE.

Vous ne m'en avez jamais rien dit.

ANGELIQUE.

A quoy bon vous entretenir de ces bagatelles.

CHAMPAGNE.

Ne donnay-je pas à mon neveu, le meilleur & le plus beau de mon bien en faveur de ce mariage.

ANGELIQUE.

C'eſt une condition que mon pere exigeoit de vous.

CHAMPAGNE.

Vrayment, s'il ne l'exigeoit pas, je me garderois bien de me la faire moy-meſme. Vous devez aprés ſa mort, eſtre le maiſtre de tout ſon bien : N'eſt-il pas juſte qu'il cherche à aſſurer la fortune de voſtre ſœur ?

ANGELIQUE.

Mon pere a ſes veuës, Madame, & j'ay les miennes.

MADAME ARGANTE.

Tout ce qu'elle dit eſt donc vray,

Monsieur le Comte ?

CHAMPAGNE.

Oüy, Madame, & je ne suis point une chimere comme vous voyez.

MADAME ARGANTE.

Pourquoy me faire un mystere de tout cela.

ANGELIQUE.

Par quelle raison vous en importuner ; ay-je dessein de sacrifier ma tendresse aux interests de ma sœur.

CHAMPAGNE.

Ah le dénaturé !

ANGELIQUE.

Ne suis-je pas prest à désobeïr à mon pere.

CHAMPAGNE.

Le petit impie !

ANGELIQUE.

Et à faire serment à Madame, que je me donneray plûtost la mort, que de me soûmettre à l'épouser.

CHAMPAGNE.

L'insolent, à ma barbe oser s'expliquer de la sorte.

LISETTE.

Voila ce qu'on peut appeller un sacrifice dans les formes.

a la troupe

MADAME ARGANTE.

Je ſuis charmée de ſon procedé.

ANGELIQUE.

Que je ne veux aimer que vous ſeule au monde.

CHAMPAGNE.

Et la, la, petit garçon, voſtre pere vous rangera ; donnez-vous patience.

ANGELIQUE.

Mon pere eſt trop raiſonnable, Madame, pour me forcer d'eſtre la victime d'un enteſtement comme le voſtre.

MADAME ARGANTE.

C'eſt une choſe épouventable, de perſecuter de la ſorte un enfant, que vous voyez bien qui ne vous aime point.

CHAMPAGNE.

Et fy, fy, Madame, vous devriez rougir de me le débaucher comme vous faites.

MADAME ARGANTE.

De vous le débaucher, Madame, de quels termes vous ſervez-vous, s'il vous plaiſt ?

CHAMPAGNE.

Je me ſert de termes qui conviennent fort au ſujet.

MADAME ARGANTE.

Je pourrois bien me servir de la seule maniere qu'il y a d'y répondre.

ANGELIQUE.

Ah Madame !

LISETTE.

Ne vous emportez point, Madame, Monsieur le Comte vous vangera luy-mesme, & Madame sera assez punie de ne le point épouser.

CHAMPAGNE.

Je ne l'épouserois pas moy, j'auray tout fait pour luy: Dis le contraire, petit ingrat, dis le contraire. Argent comptant, pierreries, & ma vaisselle-mesme. J'ay sacrifié tout à tes folles dépenses, & je te souffrirois aprés cela dans les bras d'une autre.

ANGELIQUE.

Hé bien, Madame, sont-ce là des titres pour me forcer à devenir vostre époux malgré moy ?

LISETTE.

Bon, si on épousoit d'obligation toutes celles qui font ces extravagances, il y a mille jeunes gens qui auroient plus d'une douzaine de femmes.

CHAMPAGNE.

Je n'ay personne icy dans mes interests, mais ton pere me fera raison de tes perfidies, je vais te l'amener, tu n'as qu'à l'attendre, tu n'as qu'à l'attendre.

SCENE XIX.

MADAME ARGANTE, ANGELIQUE, LISETTE.

LISETTE.

NOus amener Monsieur vostre pere, quelle aubade ! on dit que c'est l'homme du monde le plus extraordinaire.

ANGELIQUE.

Voila ce que j'apprehendois le plus, je vous l'avouë.

MADAME ARGANTE.

Quelles mesures prendrons-nous ?

ANGELIQUE.

Je ne sçais où j'en suis.

LISETTE.

Il n'y a rien de plus embaraſſant.

MADAME ARGANTE.

Ne peut-on point trouver quelque moyen ?

ANGELIQUE.

Cherche, invente, ma pauvre Liſette.

LISETTE.

Attendez.

MADAME ARGANTE.

As-tu imaginé quelque choſe ?

LISETTE.

Il me roulle de petits projets dans la teſte : un peu de patience.

MADAME ARGANTE.

Dis nous viſte ce que c'eſt.

LISETTE.

Dites-moy un peu avant toutes choſes, Monſieur voſtre pere eſt-il fort enteſté de cette Marquiſe ?

ANGLIQUE.

On ne peut pas plus ; mais ſeulement à cauſe de ma ſœur & de ce neveu qui doit l'épouſer.

LISETTE.

Et du bien que la tante aſſure au neveu.

ANGELIQUE.

Justement.

LISETTE.

Nous ne reduirons jamais ce pere-là.

MAD. ARGANTE.

Par quelle raison ?

LISETTE.

Par la raison que vous n'avez point de neveu à donner à sa fille. Si Monsieur vostre fils estoit un garçon à faire les choses de bonne grace encore on pouroit raisonner sur ce principe : Je crois que le voicy ; c'est le hazard qui vous l'amene.

MAD. ARGANTE.

Sa visite me peine autant que celle de la Marquise.

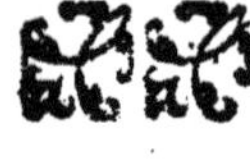

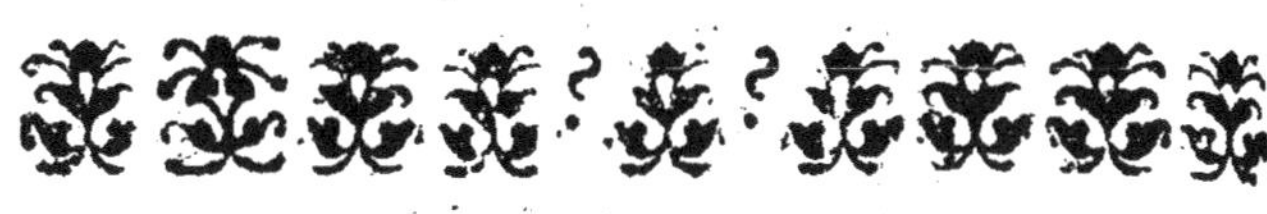

SCENE XX.

MADAME ARGANTE, ANGELIQUE, ERASTE, LISETTE.

ERASTE.

IL court un bruit dans le monde, Madame, qui ne me paroist point étrange, & je me suis toûjours attendu.......... Mais que vois-je, seroit-ce là le beau-pere que vous me destinez.

ANGELIQUE.

Est-ce vous, Eraste, qui estes le fils de Madame ?

MAD. ARGANTE.

Que cela ne vous surprenne point, quoyqu'il paroisse déja formé, il n'y a rien de plus jeune.

LISETTE.

Et quoyque Madame soit sa mere, elle est pourtant aussi jeune que Monsieur son fils.

ERASTE.

Vous faites un bon choix, Madame, je n'auray pas lieu de m'en plaindre apparemment, & le Comte est trop gros Seigneur, pour se laisser gouverner par l'interest.

MAD. ARGANTE.

Tant que vous serez raisonnable, je ne chercheray point à vous chagriner.

ERASTE.

J'ay tout lieu de le croire ainsi; mais la Marquise, Comte, que dira-t'elle? Vous ne connoissez peut-estre pas cette Marquise, Madame, c'est une terrible femme, & qui a de grandes pretentions sur Monsieur le Comte.

LISETTE.

Nous ne la connoissons pas, elle sort d'icy, & Madame vostre mere aura grand besoin de vous dans cette affaire.

ERASTE.

Il n'y aura rien que je ne fasse pour l'obliger.

MAD. ARGANTE.

C'est une folle qui ne sçait ce

qu'elle dit. .

LISETTE.

Ma foy, Madame, s'il ne consent à épouser la sœur, le frere ne sera point pour vous, sur ma parole.

MAD. ARGANTE.

Mais à moins que ce ne soit une necessité indispensable....

LISETTE.

Mais outre la necessité, Madame, en le mariant de cette maniere, vous n'aurez pas le chagrin que de petits marmots vous appellent ma grand' mamen; & les enfans de Monsieur vostre fils, ne seront que vos neveux.

MAD. ARGANTE.

Tu as raison.

LISETTE.

La rencontre est tout à fait heureuse; il faut qu'il prenne la place du neveu, vous dis-je.

ERASTE.

Qu'est-ce que la place du neveu, que veux-tu dire?

LISETTE.

Oüy, du neveu de Madame de la Tribaudiere, par exemple: Il faudroit

droit que vous prissiez la peine d'épouser une fort aimable personne, qui est la sœur de Monsieur le Comte.

ERASTE.

La sœur du Comte !

LISETTE.

Est-ce que vous la connoissez ?

ERASTE.

Si je la connois !

LISETTE.

Et vous auriez la bonté d'agréer que dans le Contract, Madame vostre mere vous fist une donnation de son bien comme à son beau-frere ; auriez-vous bien la force de vous y resoudre ?

ERASTE.

Pour faire plaisir à Madame, je feray tout ce qu'elle voudra.

LISETTE.

Quelle soumission !

ANGELIQUE.

Ah ! voicy la Marquise avec mon pere.

SCENE XXI.

MADAME ARGANTE, ANGELIQUE, ERASTE, LISETTE, MERLIN déguisé en vieillard, CHAMPAGNE déguisé en Marquise.

MERLIN.

HE bien, qu'est-ce, où est-il ce jeune homme; & morbleu, Madame, n'ayons point de bruit ensemble : Prestez-moy mon fils pour une demie heure.

MAD. ARGANTE.

Que je vous le preste, Monsieur, je ne sçais pas de quels mauvais contes Madame de la Tribaudiere vous a prévenu.

CHAMPAGNE.

Je vous avois bien dit, que je l'amenerois.

MAD. ARGANTE

Mais je ne suis pas cause de tout

le mépris que Monsieur vostre fils a pour elle.

CHAMPAGNE.

Vous voyez, Monsieur, comme on me traitte.

MERLIN.

Le mépris ne fait rien à la chose, Madame, qu'on se méprise, qu'on se deteste, on ne laisse pas souvent de s'épouser. On en vit ensemble plus commodément : Allons, petit drôle, qu'on se range à son devoir.

ANGELIQUE.

Hé de grace, mon pere !

MERLIN.

Tu l'épouseras.

ANGELIQUE.

Ne forcez point mon inclination.

MAD. ARGANTE.

Je ne luy fais pas dire comme vous voyez.

MERLIN.

Il l'épousera, Madame, ou je ne suis pas son pere.

MAD. ARGANTE.

Ne vous rendez pas, Monsieur le Comte.

MERLIN.

Voicy tout à propos Monsieur de Bonnefoy mon Notaire, comme si je l'avois mandé.

LISETTE.

Vostre Notaire Monsieur de Bonnefoy: c'est bien le nostre s'il vous plaist. L'affaire est en bon train, ne fai point trop le difficile.

MERLIN.

Tout ira bien, ne te mets pas en peine.

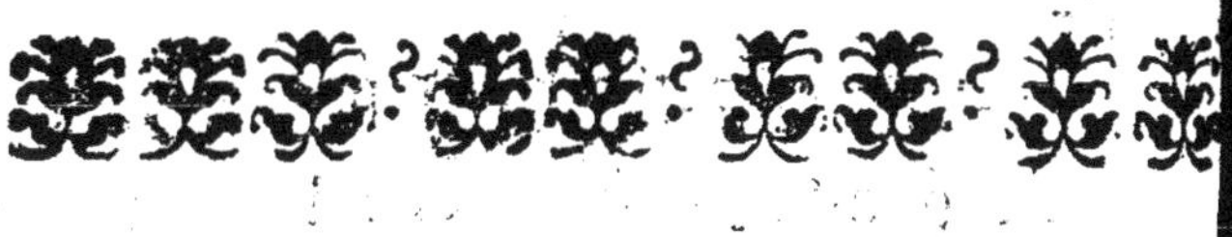

SCENE XXII.

MAD. ARGANTE, ANGELIQUE, ERASTE, LISETTE, MERLIN, CHAMPAGNE, MONSIEUR DE BONNEFOY.

MONSIEUR DE BONNEFOY.

A Toute l'honnorable compagnie presente & avenir: Salut.

MERLIN.

Approchez Monsieur de Bonnefoy, approchez.

MAD. ARGANTE.

Comment, Monſieur, que voulez-vous faire.

M. DE BONNEFOY.

J'allois paſſer chez vous en ſortant d'icy, Monſieur. J'ay ſur moy vos Contracts tout dreſſez, n'y a que les noms qui ſont en blanc.

MERLIN.

Nous ne tarderons pas à les remplir : avec voſtre permiſſion, Madame.

MAD. ARGANTE.

Comment, Monſieur, vous prétendez paſſer vos Contracts dans ma maiſon ? je ne comprends rien à tout voſtre procedé.

MERLIN.

Cela ſera fait dans un petit moment.

MAD. ARGANTE.

Monſieur de Bonnefoy, je déchireray vos papiers.

ANGELIQUE.

Hé laiſſez-le faire, Madame, je me tueray plûtoſt que de rien ſigner contre mon ſentiment.

MERLIN.

Oüais, mais voicy un petit fripon, qui devient bien rétif.

CHAMPAGNE.

Vous en étonnez-vous ; c'est Madame qui le gaste.

ANGEIQUE.

Hé, mon pere ! rendez justice à vostre choix & au mien ; examinez Madame la Marquise ; je luy demande pardon de parler ainsi devant elle : mais enfin, elle m'y reduit ; voyez son air & ses manieres, & regardez sans prévention les charmes de Madame.

MAD. ARGANTE.

Sans vanité, ilya quelque difference.

MERLIN.

Oüy, Madame de la Tribaudiere a le visage plus masle à ce qu'il me semble.

ANGELIQUE.

Si vous m'avez donné la vie, ne me la rendez point insuportable.

MERLIN.

Il m'attendrit.

LISETTE.

Courage, Monsieur.

ANGELIQUE.

Et ne me contraignez point à la passer avec une personne que je ne puis souffrir.

MAD. ARGANTE.

Qu'il s'énonce agreablement.

MERLIN.

Oüy, vrayment, il s'explique net, qu'en dites-vous ?

CHAMPAGNE.

Je dis que tout cela ne m'étonne point : Vous me l'avez promis, je le veux avoir, ou vostre fille n'aura ny mon bien, ny mon neveu.

MERLIN.

Ah! vous l'aurez, Madame, vous l'aurez. Allons, allons, Monsieur de Bonnefoy, j'ay donné ma parole : Elle est inviolable. Ecrivez.

MAD. ARGANTE.

Il fera bien d'aller écrire dans la ruë.

ANGELIQUE.

Hé bien, mon pere, si l'établissement de ma sœur est une chose où vous soyez si sensible, il se rencontre icy une avanture merveilleuse.

MERLIN.

Comment ?

ANGELIQUE.

Ma sœur aime tendrement le fils de Madame que vous voyez.

MERLIN.

Ma fille aime Monsieur.

ANGELIQUE.

Oüy, mon pere, & Monsieur est passionnément amoureux d'elle.

MERLIN.

O üis, mais voicy un amour bien prompt, je n'en avois jamais oüy paler.

MAD. ARGANTE.

Ny moy non plus, vrayment.

ERASTE.

Il y a quelque temps, Madame, que je voulus vous ouvrir là-dessus mon cœur, vous ne voulûtes pas m'écouter.

MAD. ARGANTE.

Quoy, c'estoit elle ! ....

ERASTE.

Elle-mesme, Madame, nous en avons parlé cent fois le Comte & moy

moy, ſans qu'il ſçût ce que je vous ſuis. Comme j'ignorois les engagemens où il eſtoit avec vous.

MERLIN.

Je ne m'étonne pas que vous les ayez rencontrés tantoſt enſemble.

MAD. ARGANTE.

Mais, vrayment, cela eſt tout-à-fait extraordinaire.

MERLIN.

Voila des incidens qui veulent dire quelque choſe, Madame la Marquiſe.

CHAMPAGNE.

Ce ne ſont que des chanſons; mais que Madame faſſe pour Monſieur ſon fils, ce que je ſuis preſte à faire pour mon neveu. Je luy donne ſoixante mille écus en faveur de ce mariage.

LISETTE.

Soixante mille écus.

ANGELIQUE.

Si jamais je vous fus cher, Madame, il eſt temps de vous declarer.

MERLIN.

Allons, à ſoixante mille écus ce jeune homme.

MADAME ARGANTE.

Et moy je donne deux cent mille francs à Eraste.

ERASTE.

Que j'ay de graces à vous rendre!

MERLIN.

A deux cent mille francs, une fois, deux fois, à deux cent mille francs.

ERASTE.

Allons, Monsieur de Bonnefoy, remplissez du nom de Madame; & marquez bien les deux cent mille francs.

CHAMPAGNE.

Il me reste pour deux mille écus.

MERLIN.

Attendez, Monsieur, voicy une enchere. Hé bien, Madame.

CHAMPAGNE.

Oüy, j'ay encore pour deux mille écus de pierreries, que je m'oblige de donner à vostre fille.

LISETTE.

Allons, ferme, Madame, il ne faut point laisser aller un si bon marché pour si peu de chose.

MERLIN.

A deux cent six mille six cent livres

à cause de la passe des écus.

MADAME ARGANTE.

J'en ay pour plus de vingt mille livres, dont je luy donne la moitié.

MERLIN.

A deux cent dix mille livres une fois, deux fois, à deux cent dix mille livres. Ecrivez, Monsieur de Bonnefoy; adjugé à la plus offrante. Ne voudriez-vous point y mettre quelque chose de plus?

CHAMPAGNE.

Oüy, Monsieur, c'est ainsi que vous me tenez ce que vous m'avez promis.

MERLIN.

Que voulez-vous que je fasse, Madame? je suis engagé de parole avec vous, j'en demeure d'accord; mais vous sçavez que depuis quelque temps, la parole est l'esclave de l'interest.

CHAMPAGNE.

Vous n'estes pas encore où vous pensez; je l'auray mort ou vif, & le Chevalier Jumeau mon neveu, n'est pas homme à souffrir qu'on fasse un affront de la sorte à sa tante de la Tribaudiere.

SCENE XXII.

ERASTE, LISETTE, MERLIN, MADAME ARGANTE, ANGELIQUE, MONSIEUR DE BONNEFOY.

ERASTE.

Elle sort fort irritée.

LISETTE.

Vous voila maistresse du champ de bataille.

MERLIN.

Vous voyez, comme je rends justice au merite.

MADAME ARGANTE.

Je n'ay fait tout cecy que pour vous, Monsieur le Comte.

ANGELIQUE.

J'y prends autant de part qu'Eraste, je vous assure.

M. DE BONNEFOY.

Il n'y a plus qu'à signer.

MADAME ARGANTE.

Allons, Monſieur.

M. DE BONNEFOY.

Non, Madame, ſignez s'il vous plaiſt. Ces Meſſieurs ne ſigneront qu'aprés la fille.

MERLIN.

Oüy, Madame, c'eſt la regle.

MAD. ARGANTE.

Vous ſçavez mieux ces choſes que moi.

MERLIN.

Voila une maladie qui m'a bien donné de la peine. Hé bien, Monſieur, cela eſt-il dans les formes ?

M. DE BONNEFOY.

Il n'eſt plus queſtion maintenant....

MERLIN.

Je vous entends. Hola, Comte accompagnez Monſieur juſqu'au logis; faites ſigner voſtre ſœur, & l'amenez icy.

MAD. ARGANTE.

Il vaut mieux que nous l'allions trouver tous enſemble.

MERLIN.

Tous enſemble, Madame, non pas s'il vous plaiſt : il y a de certaines bien-ſeances qu'il eſt bon d'obſerver, Je ſuis rigide en diable moy ſur les bien-ſeances.

LISETTE.

Ne vous a t'on pas dit que c'eſtoit l'homme du monde le plus bizarre, & le plus capricieux : laiſſez-le faire de peur de quelque inconvenient.

MAD. ARGANTE

Il faut vouloir ce que vous voulez; mais ne tardez pas, Monſieur le Comte.

ANGELIQUE.

Je ſeray de retour dans un moment.

SCENE XXIII.

MERLIN, LISETTE, ERASTE, MADAME ARGANTE.

MERLIN.

VOila un petit drôle aſſez bien tourné au moins.

LISETTE.

On n'a que faire de nous le dire.

MERLIN.

Vous n'avez jamais vû sa sœur ?

MAD. ARGANTE.

Non, jamais.

MERLIN.

C'est encore un petit charme : Elle luy ressemble comme deux gouttes d'eau. N'est-il pas vray ?

ERASTE.

C'est la plus adorable personne du monde, & je ne sçais, Monsieur, comment vous exprimer....

MERLIN.

Le plus joly esprit, vous serez charmée d'avoir une belle-sœur comme elle : car il ne faudra pas la nommer vostre bru.

MADAME ARGANTE.

Non, vrayment.

MERLIN.

Et je ne prétends pas qu'elle vous appelle sa belle-mere.

LISETTE.

Cela seroit ridicule.

MERLIN.

Le terme de belle-sœur a quelque

chose de bien plus agreable à l'oreille.

MAD. ARGANTE.

Cela me paroist ainsi.

MERLIN.

Il y a quelque chose de trop serieux dans l'autre.

MAD. ARGANTE.

Vous avez raison. Que veut cét homme ?

SCENE XXIV.

MERLIN, LA FLEUR, MADAME ARGANTE, LISETTE, ERASTE.

MERLIN.

C'Est mon Page, Madame, le voila bien ésoufflé.

LA FLEUR.

Ah, Monsieur !

MERLIN.

Qu'as-tu.

LA FLEUR.

Monsieur.

MAD. ARGANTE.

Qu'est-ce qu'il y a ?

LA FLEUR.

Madame de la Tribaudiere.

MERLIN.

Qu'a-t'elle fait ?

LA FLEUR.

Elle enleve Monsieur le Comte.

MADAME ARGANTE.

Elle enleve Monsieur le Comte.

LISETTE.

L'effrontée, enlever un homme.

LA FLEUR.

Elle a le diable au corps ; elle enleve aussi le Notaire. Elle les guettoit au sortir d'icy.

MERLIN.

Madame de la Tribaudiere enleve mon enfant. Elle l'épousera.

MADAME ARGANTE.

Comment, Monsieur, elle l'épousera ?

MERLIN.

Est-ce que vous voudriez l'épouser, vous, aprés un tel affront.

MAD. ARGANTE.

Cela ne deſ-honnore point un jeune homme : il faut faire vos diligences.

MERLIN.

Elles ſeroient inutiles , Madame, cette Madame de la Tribaudiere eſt une étrange femme , & je crains bien qu'on n'ait jamais aucunes nouvelles , ny d'elle, ny de mon fils.

MADAME ARGANTE.

Ah juſte Ciel, que dites-vous !

MERLIN.

Et je ſuis ſi deſeſperé moy-meſme, que je crois qu'on n'entendra jamais parler du pere.

MAD. ARGANTE.

Je meurs de chagrin , ne m'abandonne pas , Liſette ; je vais faire informer de tout cecy.

MERLIN.

Elle aura peine à trouver des témoins.

ERASTE.

Que je crains ſon reſſentiment quand elle ſera détrompée.

MERLIN.

Il faudra bien qu'elle prenne patience ; ne songez qu'à vostre bonheur. Vous allez posseder Angelique, vous devez estre content : Je voudrois de tout mon cœur que la compagnie le fust aussi.

FIN.

A Madame Tamisier

www.ingramcontent.com/pod-product-compliance
Ingram Content Group UK Ltd.
Pitfield, Milton Keynes, MK11 3LW, UK
UKHW020113240726
13926UKWH00011B/1208

9 782016 129777